Novenario
para los
difuntos

Una publicación
pastoral Redentorista

LIBROS LIGUORI

One Liguori Drive ▼ Liguori, MO 63057-9999

Imprimi Potest:
Thomas D. Picton, CSsR
Provincial de la Provincia de Denver
Los Redentoristas

ISBN 978-0-7648-1248-4
Numero de la tarjeta del Congreso: 2005924101

© Centro de Comunicaciones "San Alfonso"
Bogotá, D.C.-Colombia
Impreso en los Estados Unidos.
14 15 16 / 7 6 5

Las lecturas de la quinta sección (*Palabra de Dios*) son de la *Biblia de América*, 1994, cuarta edición. Usadas con permiso.

Para pedidos, llame al 800-325-9521
www.liguori.org

Introducción

El sufrimiento por un duelo, repercute en todas las dimensiones de la persona (física, emocional, intelectual, social, y espiritual), produce un complejo mundo de reacciones, sentimientos y obstáculos que hay que saber aceptar, integrar, confrontar empáti-camente y elaborar sanamente.

El dolor es fruto de un amor herido que puede trastocar nuestra cotidianeidad, derrumbar nuestras concepciones, dejarnos inermes ante tamaño sufrimiento, rebajar la autoestima, paralizar la mente, desmotivar la voluntad, oxidar la esperanza, hacer dudar la fe, adulterar la alegría de vivir, oscurecer el futuro, afear el pasado y derrumbar proyectos de vida.

Desilusiones e insatisfacciones, desmotivaciones y falta de voluntad, miedos y angustias bloqueantes, resentimientos, crisis compulsivas e inmadurez afectiva, vueltas al pasado y acusaciones continuas, comparaciones constantes con los otros y envidias, pueden ser manifestaciones de un dolor que va configurando nuestro caracter y personalidad.

La felicidad y la paz interior emigran de nosotros cuando el sufrimiento se aloja "en nuestra casa". Entonces hay que acudir a buscar ayuda en la fuerza sanadora de la fe para sanar los centros dañados de nuestra humanidad.

¿Qué hacer cuando parecen haber quedado huellas indelebles e insuperables de heridas del pasado? ¿Cómo actuar cuando surge la convicción de que la voluntad no puede encauzar el torrente de los sentimientos de desmotivación y culpa?¿Cómo proceder cuando ante duelos de gran intensidad se cree que, incrustado el sufrimiento, nunca va a florecer la serenidad y la felicidad? ¿Tiene sentido seguir creyendo en Dios y en la vida cuando muere el ser más querido y parece que la tierra queda deshabitada?¿Cómo sanear la herida de esa situación límite producida por la conmoción existencial de la muerte del ser que más amamos?

Muchos creen que cuando muere un ser querido hay que dejar pasar el tiempo que todo lo cura o vivir como si nada hubiera pasado. Otros creen que deben estar lamentándose para desahogarse, llevando una vida infeliz.

Debemos dar cauce sano a los sentimientos, serenando el sufrimiento, dominando la pena de la separación, aceptando la realidad de la muerte, integrando la extrañeza física, reorientando positivamente la energía afectiva con un proyecto pleno de sentido, amando con un nuevo lenguaje de amor al fallecido a quien, como creyentes, ponemos en las manos misericordiosas de Dios en la esperanza firme de la resurección, donde nos ama con el amor purificado y pleno de Dios.

No hay formulas mágicas para salir del sufrimiento. No existen medicinas ni tratamientos con efectos inmediatos. Es un proceso complejo y continuo de liberación interior, ciertamente con ayuda de los demás, pero sobre todo de la gracia divina.

A muchos, la fe religiosa los motiva a mejorar las relaciones humanas, a vivir saludablemente y a sanar sus heridas. A otros, la fe insana les puede llevar a vivir con miedos, con culpas y hasta con cuadros patológicos graves.

Hay quien hace comunitaria su fe y la eclesializa, y quien la vive individualmente. La fe auténtica que Dios quiere da vida. Así la precisó san Irineo en el comienzo del cristianismo:"la gloria de Dios es que el hombre viva"

El sufrimiento puede revivir una fe perezosa, interesada, infantil, ingenua, con ideas distorsionadas sobre Dios. Entonces se considera a Dios como un juez implacable, perseguidor, castigador, probador y educador a través del sufrimiento, alejado de los intereses humanos. Y asi se añade sufrimiento al sufrimiento con esta actitud de resentimiento con Dios.

Una persona que ha conocido personalmente al Señor no tiene miedo a la muerte. Sabe que no es el final sino el comienzo de una verdadera vida a la que está llamada. El que crea en mí, aunque haya muerto vivirá; y el que está vivo y cree en mí, no morirá para siempre. Juan 11,25-26. El Señor participó de nuestra naturaleza humana, tenía carne y sangre humana, para aniquilar, mediante su muerte al dueño de la muerte, al diablo, y así libertar, a cuantos por temor a la muerte, estaban de por vida sometidos a la esclavitud. 2,15.

Cuando un cristiano educado en la fe comprende su destino final, la muerte se convierte en una llama de esperanza.

Esta novena se inicia la noche
del día en que se ha
dado sepultura a nuestro ser querido.

También se puede hacer desde el 24 de octubre, para concluir la víspera de la conmemoración de los fieles difuntos el 2 de noviembre. También puede hacerse para preparar el aniversario.

Modo de orar con esta novena

1. Saludo
2. Acto de reconciliación
3. Salmo de confianza
4. Oración para todos los días
5. Palabra de Dios y meditación para cada día
6. Oración comunitaria
7. Oración mariana
8. Bendición

Para todos los días

1. Saludo

Lector: En el nombre del Padre y del Hijo y del Espíritu Santo. Amén.

Hermanos y Hermanas: Bendito sea el Dios y Padre de nuestro Señor Jesucristo, Padre de las misericordias y Dios de todo consuelo, que nos reconforta en todas nuestras tribulaciones.

Todos: Bendito sea Dios que nos reúne en el amor de Cristo.

2. Acto de reconciliación

Todos: Jesús, mi Señor y Redentor, yo me arrepiento de todos los pecados que he cometido hasta hoy, y me pesa de todo corazón porque con ellos ofendí a un Dios tan bueno. Propongo firmemente no volver a pecar, y confío en que por tu infinita misericordia me has de conceder el perdón de mis culpas y me has de llevar a la vida eterna. Amén.

3. Salmo de confianza

Lector: Hagamos nuestros los sentimientos de este Salmo 23. El Señor nos acompaña siempre; en vida y en muerte Cristo Jesús es nuestro Pastor, nuestro Amigo.

Todos: Eres mi Pastor, oh Señor,
nada me faltará si me llevas tú.

Lector: El Señor es mi Pastor, nada me falta.
En prados de hierba fresca me hace descansar,
me conduce junto a aguas tranquilas,
y renueva mis fuerzas.

Todos: Eres mi Pastor, oh Señor,
nada me faltará si me llevas tú.

Lector: Me guía por la senda del bien,
haciendo honor a su nombre.
Aunque camine por cañadas oscuras,
nada temo, porque tú vas conmigo,
tu mano me protege.

Todos: Eres mi Pastor, oh Señor,
nada me faltará si me llevas tú.

Lector: Tu bondad y tu misericordia
me acompañan
todos los días de mi vida,
y habitaré en la casa del Señor
por años sin término.

Todos: Eres mi Pastor, oh Señor,
nada me faltará si me llevas tú.

Lector: Gloria al Padre y al Hijo y al Espíritu Santo. Como era en el principio, ahora y siempre por los siglos de los siglos. Amén.

Todos: Eres mi Pastor, oh Señor, nada me faltará si me llevas tú.

4. Oración para todos los días

Dios Padre misericordioso, fuente de la vida y de todo bien, escucha bondadoso nuestras plegarias. La muerte nos ha visitado y ha llenado de luto nuestra existencia, pero a pesar de todo reafirmamos nuestra fe en la vida. Porque tú has resucitado a tu Hijo Jesucristo y lo has constituido Vida, Verdad y Camino para todos. El aceptó morir cuando se vio perseguido y condenado a muerte; El fue sepultado bajo una gran piedra y sus enemigos vigilaron su tumba; El surgió glorioso, Señor de la Vida. En El sabemos que la muerte no tiene la última palabra, que el pecado y la muerte han sido vencidos. Por

El esperamos vencer también nosotros sobre la muerte y vivir una vida plena, sin lágrimas ni luto ni dolor. Con El hemos elegido la vida, el amor, la paz, la justicia y la fraternidad.

Padre del cielo, acoge a los que han fallecido confiando en tu bondad y dales la plenitud de la vida en Cristo. Perdona sus fallos y limitaciones, pues tú sabes de qué barro estamos hechos. Concédeles que ya que han participado de la muerte de tu Hijo, participen de su gloriosa resurrección. Que tu Espíritu Santo vivifique a nuestros hermanos difuntos y los haga pasar de la muerte a la vida. Te lo suplicamos Cristo Jesús, Señor nuestro, quien vive y reina por los siglos de los siglos. Amén.

Animo soy yo y no tengan miedo

1. Saludo, p. 7
2. Acto de reconciliación, p. 7
3. Salmo de confianza, p. 8
4. Oración para todos los días, p. 9

5. Palabra De Dios

Lectura del libro segundo de los Macabeos 12,43-45

Hizo una colecta entre los soldados y reunió dos mil dracmas de plata, que envió a Jersulén para que ofrecieran un sacrificio por el pecado. Actuó recta y noblemente, pensando en la resurrección. Pues si él no hubiera creído que los muertos habían de resucitar, habría sido ridículo y superfluo rezar por ellos. Pero, creyendo firmemente que a los que mueren piadosamente les está reservada una gran recompensa, pensamiento santo y piadoso, ofreció el sacrificio expiatorio para que los muertos fueran absueltos de sus pecados.

Palabra de Dios...Te alabamos Señor

Del Salmo 122

Todos: Qué alegría cuando me dijeron:
"Vamos a la casa del Señor".

Lector: Qué alegría cuando me dijeron:
"Vamos a la casa del Señor"
Ya están pisando nuestros pies
tus umbrales, Jerusalén.

Todos: Qué alegría cuando me dijeron:
"Vamos a la casa del Señor".

Lector: Allá suben las tribus,
las tribus del Señor,
según la costumbre de Israel,
a celebrar el nombre del Señor
En ella están los tribunales de justicia
en el palacio de David.

Todos: Qué alegría cuando me dijeron:
"Vamos a la casa del Señor".

Lector: Desead la paz a Jerusalén
"Vivan seguros los que te aman,
haya paz dentro de tus muros,
seguridad en tus palacios".

Todos: Qué alegría cuando me dijeron:
"Vamos a la casa del Señor".

(Todos de pie)

Del Evangelio según San Juan 6,16-20

A la caída de la tarde, los discípulos bajaron al lago, subieron a una barca y atravesaron el lago hacia Cafarnaúm. Era ya de noche y Jesús no había llegado adonde estaban ellos. De pronto se levantó un viento fuerte que agitó el lago. Habían avanzado unos cinco kilómetros cuando vieron a Jesús que se acercaba a la barca, caminando sobre el lago, y tuvieron mucho miedo. Jesús les dijo: —Soy yo. No tengan miedo.

Palabra de Señor...Gloria a Ti Señor Jesús

(Sentados)

Meditación

Las palabras de Jesús nos rescatan la esperanza. La pena por la pérdida del ser a cuya compañía estábamos acostumbrados nos entristece y aflige. Sus fotos, sus vestidos, su silla, su cama, su mesa, todo nos grita que el ser querido ya se fue de entre nosotros. Y, en el trasfondo, detrás de las ceremonias, de los rezos, de las flores que se marchitan, de los cirios que lagrimean, de los lloros de los familiares y la gravedad de los visitantes, se deja sentir por momentos la terrible verdad: también para mi un día llegará el final.

Es entonces cuando Jesús, el buen maestro de la humanidad, sale al encuentro de nuestros temores y angustias y nos dice como a sus discípulos: No tengan miedo. Yo estoy con ustedes. Soy la Luz del mundo. Quien me sigue tendrá la luz de la vida.

Ahora comprendemos: Nuestro ser querido se ha ido a Dios que lo ha acogido y lo llena de su luz y de su gozo.

6. Oración comunitaria

Lector: Animados por esta fe y esa confianza de vivir para siempre con Cristo, oremos al Padre por

_____

Todos: Te rogamos, Señor.

Que perdones bondadosamente sus pecados.

Todos: Te rogamos, Señor.

Que aceptes sus buenas obras.

Todos: Te rogamos, Señor.

Que lo recibas en la vida eterna.

Todos: Te rogamos, Señor.

Que consueles su familia y les animes en su aflicción

Todos: Te rogamos, Señor.

Que mitigues con amor el dolor de la separación.

Todos: Te rogamos, Señor.

Que aumentes y fortalezcas nuestra fe.

Todos: Te rogamos, Señor

Lector: Y ahora unidos fraternalmente a nuestros difuntos, que nos han precedido en el encuentro con Jesucristo, digamos juntos: PADRE NUESTRO...

Lector: Señor, en este momento de dolor no sabemos qué decirte. Nuestra plegaria se ve ahogada por la pena que nos aflige. A pesar de todo queremos gritarte nuestro dolor y renovar nuestra confianza en tu misericordia. Tú eres un Dios que escucha el gemido de su pueblo. Oyenos, pues, Señor, y acoge con bondad a nuestros hermanos difuntos que murieron confiando en Ti y que ansiaron gozar plenamente de la felicidad en tu Reino. Lo pedimos por Jesucristo tu Hijo, quien vive y reina contigo en unidad del Espíritu Santo, y es Dios por los siglos de los siglos. Amén.

7. Oración mariana

María, madre de Jesús y madre nuestra, tú no estás ausente de nuestras alegrías y nuestras penas. Tú eres madre siempre dispuesta a socorrernos. Escucha nuestra súplica y preséntala a Dios Padre, para redención de nuestros hermanos difuntos. Con amor de hijos te decimos:

Dios te salve, Maria, llena eres de gracia, el Señor es contigo. Bendita tú entre todas las mujeres y bendito es el fruto de tu vientre, Jesús.

Santa María Madre de Dios, ruega por nosotros pecadores ahora y en la hora de nuestra muerte. Amén.

8. Bendición

Señor Dios, tú eres el único que puede dar la vida después de la muerte; perdona los pecados de _____ por su fe en la resurrección de Jesucristo concédele participar un día de la gloria de tu Hijo. Amén.

Descienda sobre nosotros tu santa bendición: Padre, Hijo y Espíritu Santo. Amén.

Al atardecer seremos juzgados sobre el amor

1. Saludo, p. 7
2. Acto de reconciliación, p. 7
3. Salmo de confianza, p. 8
4. Oración para todos los días, p. 9

5. Palabra De Dios

De la Primera carta del apóstol San Juan 3,14-16

Nosotros sabemos que hemos pasado de la muerte a la vida, porque amamos a los hermanos. El que no ama permanece en la muerte. Todo el que odia a su hermano es homicida, y saben que ningún homicida posee vida eterna. En esto hemos conocido lo que es el amor: en que él ha dado su vida por nosotros. También nosotros debemos dar la vida por los hermanos.

Palabra de Dios...Te alabamos Señor

Del Salmo 130

Todos: A ti, Señor, levanto mi alma.

Lector: Señor enséñame tus caminos,
instrúyeme en tus sendas;
haz que camine con lealtad;
enséñame, porque tú eres mi Dios
y Salvador

Todos: A ti, Señor, levanto mi alma.

Lector: Recuerda, Señor, que tu ternura
tu misericordia son eternas;
no te acuerdes de los pecados
ni de las maldades de mi juventud.

Todos: A ti, Señor, levanto mi alma.

Lector: El Señor es bueno y es recto,
y enseña el camino a los pecadores;
hace caminar a los humildes con recti-
tud, enseña su camino a los humildes.

Todos: A ti, Señor, levanto mi alma.

(Todos de pie)

Del Evangelio según San Mateo 25,34-40

*Entonces el rey dirá a los de un lado: "Vengan,
benditos de mi Padre, tomen posesión del reino preparado para ustedes desde la creación del mundo.
Porque tuve hambre, y me dieron de comer; tuve sed,
y me dieron de beber; era un extraño, y me hospeda-
ron; estaba desnudo, y me vistieron; enfermo, y me
visitaron; en la cárcel, y fueron a verme".*

Entonces le responderán los justos: "Señor ¿cuándo te vimos hambriento y te alimentamos; sediento y te dimos de beber? ¿Cuándo fuiste un extraño y te hospedamos, o estuviste desnudo y te vestimos? ¿Cuándo te vimos enfermo o en la cárcel y fuimos a verte? Y el rey les responderá: "Les aseguro que cuando lo hicieron con uno de estos mis hermanos más pequeños, conmigo lo hicieron".
Palabra del Señor…Gloria a Ti Señor Jesús

(Sentados)

Meditación

Nos duele la muerte de nuestro ser querido. Como humanos somos capaces de sentir. Es natural llorar por la ausencia de los que amamos. Comprendiendo nuestro pesar la fe cristiana nos abre el horizonte de una vida más profunda y más allá de la natural como encuentro gozoso con el Señor Padre.

Y lo positivo, aunque nos desconcierta, es que el Señor está ahí, cerca de nosotros, en los pequeños, en los que casi nada significan en la sociedad. Entonces, si queremos no es tan difícil ponerlo de nuestra parte ya desde ahora.

6. Oración comunitaria

Lector: Fortalecidos con la esperanza de la resurrección en Cristo, encomendemos a Dios Padre a _____.

Todos: Oyenos, Padre bondadoso.

Lector: Te pedimos, Señor, le acojas con bondad, ahora que nos ha dejado para ir a tu encuentro.

Todos: Oyenos, Padre bondadoso.

Lector: Que tengas en cuenta sus buenas obras

Todos: Oyenos, Padre bondadoso.

Lector: Que aceptes sus sufrimientos y le perdones el mal que haya hecho.

Todos: Oyenos, Padre bondadoso.

Lector: Que podamos gozar todos juntos de tu presencia.

Todos: Oyenos, Padre bondadoso.

Lector: En unión de hermanos y solidarios con nuestros parientes difuntos, que nos han precedido en el encuentro con Cristo resucitado, oremos como el mismo Jesús nos enseñó: PADRE NUESTRO…

Lector: Padre celestial, tu Hijo Jesucristo permaneció tres días en el sepulcro, dando así una promesa de esperanza a toda sepultura. Esperanza en la resurrección, concede a nuestros hermanos difuntos reposar en la paz y alcanzar de Ti la gracia de resucitar a la vida plena contemplando siempre la luz de tu rostro. Por Jesucristo nuestro Señor. Amén.

7. Oración mariana

María, madre dolorosa, que estuviste de pie junto a la cruz de tu Hijo. Tú tuviste que aceptar el dolor de su pasión, la pena inmensa de su muerte y la angustia de la separación al ser sepultado. Mira, Madre, estos hijos tuyos en momentos de dolor y duelo. Danos más fe y la esperanza firme en la resurrección. Participanos algo de la alegría inmensa que sentiste el día de Pascua, al resucitar glorioso tu Hijo Jesus. Hasta que un día vayamos para estar contigo alabando a Dios. Con amor de hijos te decimos: DIOS TE SALVE...

8. Bendición

Escucha, Señor, nuestra oración con que imploramos tu misericordia a favor de _____ tú lo(a) hiciste miembro de la Iglesia durante su vida mortal, llévalo(a) contigo a la patria de la luz, para que ahora participe también de la compañía de los santos.

Descienda sobre nosotros tu santa bendición: Padre, Hijo y Espíritu Santo. Amén.

En la casa de mi Padre hay muchos lugares

1. Saludo, p. 7
2. Acto de reconciliación, p. 7
3. Salmo de confianza, p. 8
4. Oración para todos los días, p. 9

5. Palabra De Dios

De San Pablo a los Corintios 2 Carta: 4,16-18; 5,1;6-10

Por eso no nos desanimamos; al contrario, aunque nuestra condición físcia se vaya deteriorando, nustro ser interior se renueva de día. Porque momentáneos y leves son los sufrimientos que, a cambio, nos preparan un caudal eterno e insuperable de gloria; a nosotros que hemos puesto la esperanza, no en las cosas que se ven, sino en las que no se ven, pues las cosas que se ven son temporales, pero las que no se ven son eternas.

Sabemos, en efecto, que aunque se desmorone esta tienda que nos sirve de morada en la tierra, tene-

mos una casa hecha por Dios, una morada eterna en los cielos, que no ha sido construida por mano de hombres.

Así pues, en todo momento tenemos confianza y sabemos que, mientras habitamos en el cuerpo, estamos lejos del Señor; y caminamos a la luz de la fe y no de lo que vemos. Pero estamos llenos de confianza y preferimos dejar el cuerpo para ir en este cuerpo o fuera de él, nos esforzamos en agradarle, ya que todos nosotros hemos de comparecer ante el tribunal de Cristo, para que cada uno reciba el premio o el castigo que le corresponda por lo que hizo durante su existencia corporal.
Palabra de Dios…Te alabamos Señor

Del Salmo 27

Todos: El Señor es mí luz y mi salvación.

Lector: El Señor es mi luz y mi salvación,
        ¿a quién temeré?
        El Señor es mi fortaleza,
        ¿quién me hará temblar?

Todos: El Señor es mí luz y mi salvación.

Lector: Una cosa pido al Señor,
        eso buscaré habitar en la casa del Señor
        por los días de mi vida;
        gozar de la dulzura del Señor
        contemplando su templo.

Todos: El Señor es mi luz y mi salvación.

Lector: Escúchame, Señor, que te llamo,
ten piedad, respóndeme.
Tu rostro buscaré Señor,
No me escondas tu rostro.

Todos: El Señor es mi luz y mi salvación.

Lector: Espero gozar de la dicha del Señor
en el país de la vida.
Espera en el Señor, sé valiente,
ten ánimo, espera en el Señor.

(Todos de pie)

Del Evangelio según San Juan 14, 1-6

No se inquieten. Crean en Dios y crean también en mí. En la casa de mi Padre hay lugar para todos; si no fuera así, ya lo habría dicho; ahora voy a prepararles ese lugar. Una vez que me haya ido y les haya preparado un lugar, regresaré y los llevaré conmigo, para que puedan estar donde voy a estar yo. Ustedes ya saben el camino para ir a donde yo voy.
Tomas le dijo:
—Pero, Señor, no sabemos a dónde vas, ¿Cómo vamos a saber el camino? Jesús le respondio: Yo soy el camino, la verdad y la vida. Nadie puede llegar al Padre sino por mí.
Palabra del Señor…Gloria a Ti Señor Jesús.

(Sentados)

Meditación

Las palabras de Jesús a los suyos son muy gratificantes. Son como el arco iris luego del aguacero. Si naturalmente lloramos por la pérdida de nuestro ser querido, ahora sabemos que se ha ido a Dios y en El y con El es plenamente feliz.

Con la muerte de un discípulo de Jesús sucede lo mismo que cuando despedimos a un familiar que se va de viaje. Nos causa pena que se vaya pero nos alegramos porque sabemos que allá donde va lo están esperando, será bien acogido y, a su vez, nos estará aguardando para estar juntos de nuevo y para siempre.

Jesús nos da la buena noticia de que morir es viajar hacia donde nos espera el Padre Dios. El, el Dios que nos ama, que nos espera y nos tiene un lugar, ya no junto a El, sino en El. Nuestro ser querido ya está en el Señor, y en El están todos aquellos que hacen familia con el Padre, con el Hijo, y el Espíritu.

6. Oración comunitaria

Lector: Elevemos nuestras súplicas a Cristo Redentor, vencedor de la muerte y del pecado, digamos:

Todos: Escúchanos, Señor, vida nuestra.

Lector: Tú que resucitaste a Lázaro del sepulcro.

Todos: Escúchanos, Señor, vida nuestra.

Lector: Tú que llamaste a la vida al hijo de la viuda de Nain.

Todos: Escúchanos, Señor, vida nuestra.

Lector: Tú que despertaste del sueño de la muerte a la hija de Jairo, jefe de la sinagoga.

Todos: Escúchanos, Señor, vida nuestra.

Lector: Tú que resucitaste glorioso del sepulcro y nos has prometido un lugar junto a Ti.

Todos: Escúchanos, Señor, vida nuestra.

Lector: Tú que eres la Resurrección y la Vida de quienes creen en Ti.

Todos: Escúchanos, Señor, vida nuestra.

Lector: Confiados en la Palabra del Señor y unidos a nuestros hermanos difuntos, invoquemos a nuestro Padre común, diciendo: PADRE NUESTRO...

Lector: Dios todopoderoso, Padre de bondad, Señor de vivos y muertos, que tienes compasión de quienes sabes que serán tuyos por su fe y sus obras, escucha las súplicas que te dirigimos. Que nuestros hermanos ya fallecidos obtengan, por intercesión de tus santos, el perdón y la paz y gocen junto a Ti de la vida eterna. Amén.

7. Oración mariana

Maria, Virgen asunta a los cielos, escucha estos ruegos nuestros por los seres queridos difuntos. Tú has alcanzado ya la gloria de la resurrección con Cristo y has sido revestida de plenitud en el cielo, como símbolo de la humanidad redimida por Cristo. Renuévanos en la esperanza, guíanos en la oscuridad de la fe y haznos crecer en el amor, hasta que podamos alabar a Dios en el coro de los santos, junto contigo y con nuestros hermanos difuntos. Con amor de hijos te decimos: DIOS TE SALVE, MARIA…

8. Bendición

Oh Dios, gloria de los fieles y vida de los justos: hemos sido redimidos por la muerte y resurrección de tu Hijo; ten piedad de _____ a quien llamaste a tu presencia, y pues creyó en el misterio de nuestra resurrección, merezca participar de las alegrías de la eterna bienaventuranza. Por Jesucristo nuestro Señor. Amén.

El Señor nos bendiga, nos guarde de todo mal y nos lleve a la vida eterna. Amén.

Los justos vivirán
para siempre en Dios

1. Saludo, p. 7
2. Acto de reconciliación, p. 7
3. Salmo de confianza, p. 8
4. Oración para todos los días, p. 9

5. Palabra De Dios

Del Libro de la Sabiduría 3,1-9

Sin embargo, las almas de los justos están en manos de Dios, y ningún tormento los alcanzará. Los necios piensan que los justos están muertos, su final les parece una desgracia, y su salida de entre nosotros, un desastre; pero ellos están en paz. Aunque a juicio de los hombres han sufrido un castigo, su esperanza estaba llena de inmortalidad; por una leve corrección recibirán grandes bienes, porque Dios los puso a prueba y los encontró dignos de él. Los probó como oro en el crisol y los aceptó como sacrificio de holocausto. En el juicio de Dios aparecerá su resplandor, y se propagarán como chispas en un rastrojo. Dominarán sobre naciones, gobernarán pueblos, y su Señor reinára sobre ellos para siempre. Los que ponen en él confianza comprenderán la verdad, pues la gracia y la misericordia son para sus elegidos.

Palabra de Dios… Te alabamos Señor.

Del Salmo 34

Todos: Si el afligido invoca al Señor,
          él lo escucha.

Lector: Bendigo al Señor en todo momento,
          su alabanza está siempre en mi boca
          Gustad y ved qué bueno es el Señor,
          dichoso el que se acoge a Él.

Todos: Si el afligido invoca al Señor,
          él lo escucha.

Lector: Los ojos del Señor miran a los justos,
          sus oídos escuchan sus gritos.
          Cuando uno clama, el Señor lo escucha
          y lo libra de sus angustias.

Todos: Si el afligido invoca al Señor,
          él lo escucha.

Lector: El Señor está cerca de los atribulados,
          salva a los abatidos.
          Aunque el justo sufra muchos males,
          de todos lo libra el Señor.

Todos: Si el afligido invoca al Señor,
él lo escucha.

(Todos de pie)

Del Evangelio según San Juan 17,24-26

Padre, yo deseo que todos estos que tú me has dado puedan estar conmigo donde esté yo, para que contemplen la gloria que me has dado, porque tú me amaste antes de la creación del mundo.

Padre justo, el mundo no te ha conocido; yo, en cambio, te conozco y todos éstos han llegado a reconocer que tú me has enviado. Les he dado a conocer quién eres, y continuaré dándote a conocer, para que el amor con que me amaste pueda estar también en ellos, y yo mismo esté en ellos.
Palabra del Señor... Gloria a Ti Señor Jesús.

(Sentados)

Meditación

No lo comprendemos, Señor; más lo aceptamos. Confiamos en tu palabra, y por eso lanzaremos en tu nombre las redes y continuaremos por la vida con este peso. El peso de la fe. La alegría de saber que nos amas y el temor ante la muerte. Esa seguridad clara y oscura que nos consuela y que nos abruma. Ahora caminamos en la penumbra; después veremos cara a cara.

Ahora sólo vemos una cara de la realidad de la muerte: el ser querido que nos ha dejado y se ha ido. Movidos por la fe, iluminados por la luz, despedimos al ser querido que se va hacia Dios, donde siempre esperó ir, por el que siempre luchó y trabajó. Allí le espera el amigo Dios, y estará rodeado de muchos otros amigos, en cuya compañía será feliz y donde, a su vez, nos va a esperar a nosotros. Señor, tu amor es más fuerte que la muerte.

6. Oración comunitaria

Lector: Manifestemos la solidaridad de la oración con _____ e imploremos la misericordia divina sobre todos, digamos:

Todos: Acuérdate, Señor, y ten piedad.

Lector: Acuérdate Señor, de quien ha fallecido confiando en tu bondad.

Todos: Acuérdate, Señor, y ten piedad.

Lector: Acuérdate que en el Bautismo murió al pecado para resucitar con Cristo a una vida nueva.

Todos: Acuérdate, Señor, y ten piedad.

Lector: Acuérdate, que en la confirmación fue ungido por el Espíritu de Jesús Resucitado.

Todos: Acuérdate, Señor, y ten piedad.

Lector: Acuérdate, que en la Eucaristía, memorial de la Pascua de tu Hijo, fue alimentado con el Pan de Vida.

Todos: Acuérdate, Señor, y ten piedad.

Lector: Acuérdate, que en el Sacramento de la Reconciliación fue devuelto a la vida en Cristo.

Todos: Acuérdate, Señor, y ten piedad.

Lector: Acuérdate, que ha muerto con Jesucristo para vivir por siempre con El.

Todos: Acuérdate, Señor, y ten piedad.

Lector: En unión fraternal con todos los seres queridos difuntos, nos dirigimos a Dios, Padre de todos, con la oración que nos enseñó Jesús: PADRE NUESTRO…

Lector: Dios, Padre nuestro, Tú sabes la honda pena que nos aflige. Recibe con amor a nuestro pariente difunto, cuya partida ha dejado triste nuestra casa. Confiamos en que sea acogido bené-volamente en la casa celestial. Y a nosotros, ayúdanos a proseguir con ánimo el camino de la vida, hasta que un día nos reunamos junto a Ti. Que vives y reinas por los siglos de los siglos. Amén.

7. Oración mariana

Santísima Virgen María, dulce esperanza del cristiano, camino hacia tu Hijo Jesús, fortaleza en los momentos de luto y de desánimo, escucha tú nuestros ruegos. Te pedimos que intercedas por nuestros hermanos difuntos ante tu Hijo y que los ayudes a llegar a la meta ansiada, para que vivan con los justos alabando eternamente las misericordias del Señor. Con confianza de hijos te decimos: DIOS TE SALVE, MARIA…

8. Bendición

Señor, te encomendamos a _____ ahora que ha terminado su peregrinación por este mundo, imploramos tu misericordia: condúcelo(a) al lugar de tu morada, allí donde ya no existe llanto, ni dolor alguno, sino tu paz y tu alegría, en unión con tu Hijo y el Espíritu Santo por toda la eternidad.

El Señor nos bendiga, nos guarde de todo mal y nos lleve a la vida eterna. Amén.

Cristo resucitado esperanza de todos los creyentes

1. Saludo, p. 7
2. Acto de reconciliación, p. 7
3. Salmo de confianza, p. 8
4. Oración para todos los días, p. 9

5. Palabra De Dios

Del Libro de Job 19,23-27

¡Ojalá se escribieran mis palabras! ¡Ojalá se grabaran en el bronce! ¡Ojalá con punzón de hierro y plomo quedaran escritas para siempre en la roca! Pero yo sé que mi defensor vive, y que él, al final, triunfará sobre el polvo; y cuando mi piel recubra estas llagas, en mi propia carne contemplaré a Dios. Yo mismo lo contemplaré, mis ojos lo verán ya no como a un extraño; entonces reposará mi espíritu.

Palabra de Dios... Te alabamos Señor.

Del Salmo 42

Todos: Mi alma tiene sed del Dios vivo:
¿cuándo entraré a ver su rostro?

Lector: Como busca la cierva corrientes
de agua,
así mi alma te busca a ti, Dios mio;
tiene sed de Dios, del Dios vivo:
Cuándo entraré a ver su rostro?

Todos: Mi alma tiene sed del Dios vivo:
¿cuándo entraré a ver su rostro?

Lector: Envía tu luz y tu verdad,
que ellas me guíen
y me conduzcan hasta tu monte santo,
hasta tu morada.

Todos: Mí alma tiene sed del Dios vivo:
¿cuándo entraré a ver su rostro?

Lector: Me acercaré al altar de Dios,
al Dios de mi alegría;
te daré gracias al son de la citara,
oh Dios, Dios mío.

Todos: Mi alma tiene sed del Dios vivo:
¿cuándo entraré a ver su rostro?

Lector: ¿Por qué te acongojas, alma mía,
por qué estás afligida?
Espera en Dios, que volverás a alabarlo:
"Salud de mi rostro, Dios mío".

Todos: Mi alma tiene sed del Dios vivo:
¿cuándo entraré a ver su rostro?

(Todos de pie)

Del Evangelio según San Juan 6,37-40

Todos los que me da el Padre vendrán a mí, y yo no rechazaré nunca al que venga a mí. Porque yo he bajado del cielo, no para hacer mi voluntad, sino la voluntad del que me envió. Y su voluntad es que yo no pierda a ninguno de los que él me ha dado, sino que los resucite en el último día. La voluntad de mi Padre es que todos los que vean al Hijo y crean en él tengan vida eterna, y yo los resucitaré en el último día.
Palabra del Señor... Gloria a Ti Señor Jesús.

Meditación

La Iglesia, en su liturgia, ha tomado las frases de Job como una magnífica proclamación de fe en el triunfo total de Dios sobre la muerte, triunfo que sólo será completo cuando incluya la redención de nuestros cuerpos, es decir, cuando abarque toda la realidad creada.

En Cristo tenemos la seguridad de ese triunfo, porque El fue el primero que alcanzó la glorificación perfecta. Quienes por la fe nos adherimos a El estamos seguros de alcanzar la plenitud de la vida.

Morir es un misterio, ante el cual debemos reflexionar muy seriamente, especialmente cuando estamos orando por un ser querido que acaba de atravesar esa frontera de la eternidad. Así como _____ nos ha dejado, también nosotros moriremos algún día y dejaremos a nuestros seres más queridos.

Hoy estamos orando por_____, pero también podemos pedirle que nos alcance gracias abundantes de Dios, para que esta dura experiencia de su temporal ausencia, sea para cada uno de nosotros una ocasión para reflexionar muy seriamente en el sentido de nuestra vida a la luz de la muerte. Que _____ nos alcance a cada uno de nosotros una bendición especial del Señor para cumplir la misión que Dios nos ha encomendado y desde hoy demos el rumbo acertado a nuestra propia vida.

6. Oración comunitaria

Lector: Invoquemos con toda confianza a nuestro Defensor, Jesucristo resucitado, por todos los que murieron en esperanza de la vida.

Todos: En ti confiamos, Señor resucitado.

Lector: Ilumina sus ojos con la luz de tu gloria.

Todos: En ti confiamos, Señor resucitado.

Lector: Que purificado de sus culpas participe de la gloria de la resurrección.

Todos: En ti confiamos, Señor resucitado.

Lector: Atiende a quienes te suplicamos y consuélanos en la tribulación.

Todos: En ti confiamos, Señor resucitado.

Lector: Concédenos que en nuestra patria se respete la vida de los demás.

Todos: En ti confiamos, Señor resucitado.

Lector: En unión fraternal con los fieles que ya han ido junto al Padre Dios, digamos como nos enseñó Jesucristo el Señor: PADRE NUESTRO…

Lector: Señor Jesús, ¿a quién iremos? Tú solo tienes palabras de vida eterna. Nos dices que quien cree en Ti, aunque haya muerto, vivirá. Tú conoces mejor que nosotros la vida de nuestros difuntos, que quisieron ser fieles a Ti y esperaron en Ti. Recíbelos en tu Reino, como hermanos y amigos tuyos. Esto pedimos llenos de confianza a tu Padre y nuestro Padre, con quien vives y reinas en unidad del Espíritu Santo por los siglos de los siglos. Amén.

7. Oración mariana

María, Madre del Redentor, y madre nuestra, escucha los ruegos de tus hijos. Un hermano nuestro ha marchado hacia la casa del Padre y esto nos ha traído tristezas y desconsuelo. Por el dolor que sentiste en la sepultura de tu Hijo, mitiga nuestro dolor y reaviva nuestra fe en la resurrección. Sí, tu Hijo ha resucitado y en El hay nueva vida para quienes murieron con El. Por eso te decimos con la confianza de hijos: DIOS TE SALVE, MARIA...

8. Bendición

Dios todopoderoso te pedimos que tu siervo _____, a quien llamaste de este mundo reciba los goces de la resurrección eterna. Por Jesucristo nuestro Señor. Amén.

El Señor nos bendiga, nos guarde de todo mal y nos lleve a la vida eterna. Amén.

Morir en el Señor es entrar en su reino

1. Saludo, p. 7
2. Acto de reconciliación, p. 7
3. Salmo de confianza, p. 8
4. Oración para todos los días, p. 9

5. Palabra De Dios

Del Libro del Apocalipsis 14,12-13

Aquí se pone a prueba la constancia de los creyentes, de aquellos que cumplen los mandamientos de Dios y son fieles a Jesús.
Palabra de Dios... Te alabamos Señor.

Del Salmo 103.

Todos: El Señor es compasivo y misericordioso.

Lector: El Señor es compasivo y misericordioso, lento a la ira y rico en clemencia; no nos trata como merecen nuestros pecados, ni nos paga según nuestras culpas.

Todos: El Señor es compasivo y misericordioso.

Lector: Como un padre siente ternura por sus hijos,siente el Señor ternura por sus fieles; porque él sabe de qué estamos hechos, se acuerda de que somos barro.

Todos: El Señor es compasivo y misericordioso.

Lector: Los días del hombre duran lo que la hierba, florecen como flor del campo que el viento la roza, y ya no existe, su terreno no volverá a verla.

Todos: El Señor es compasivo y misericordioso.

Lector: Pero la misericordia del Señor dura siempre, su justicia pasa de hijos a nietos: para los que guardan la alianza y recitan y cumplen sus mandatos.

Todos: El Señor es compasivo y misericordioso.

(Todos de pie)

Del Evangelio según San Juan 11,17-27

A su llegada, Jesús se encontró con que hacía ya cuatro días que Lázaro había sido sepultado. Betania está muy cerca de Jerusalén, como a dos kilómetros y medio, y muchos judíos habían ido a Betania para consolar a Marta y María por la muerte de su hermano. Tan pronto como Marta se enteró que llegaba Jesús, salió a su encuentro; María se quedó en casa. Marta dijo a Jesús: —Señor, si hubieras estado aqui, no habría muerto mi hermano. Pero, aun así, yo sé que todo lo que pidas a Dios, él te lo concederá. Jesus le respondió: Tu hermano resucitará. Marta le dijo: Ya sé que resucitará cuando tenga lugar la resurrección de los muertos, al final de los tiempos. Entonces Jesús afirmó: —Yo soy la resurrección y la vida. El que cree en mí, aunque haya muerto, vivirá; y todo el que esté vivo y crea en mí, jamás morirá. ¿Crees esto? —ella contestó:—Sí Señor; yo creo que tu eres el Mesías, el Hijo de Dios que tenía que venir a este mundo.

Palabra del Señor... Gloria a Ti Señor Jesús.

(Sentados)

Meditación

La muerte es plenitud para el que se va y prueba para los que quedamos llorando. Por eso ninguna muerte es inútil, tiene un sentido. Pero, qué difícil es buscar cada día ese sentido del vivir y del morir. Pobre, no alcanzó a gozar la vida, dice la gente cuando muere una persona joven. Y yo digo: Bendito él, que ya está viviendo la vida verdadera junto a Dios. Pero lo digo llorando..., porque el peso de la fe nos consuela y nos pone a prueba.

Oí una voz del cielo que decía: Bienaventurados los que mueren en el Señor, pues sus obras los acompañan. Dios se ha llevado este ser querido. Dios lo quería junto a Sí. Y sus obras buenas le acompañan. Se encontró con Cristo, a quien él había amado y en quien había esperado. La fe y la esperanza pasarán, pero el amor permanecerá para siempre. El estará para siempre amando a Dios.

6. Oración comunitaria

Lector: Unidos a Cristo Jesús y a todos los que siguieron sus pasos, oremos ahora por todos los que murieron en la esperanza cristiana de la resurrección. Digamos:

Todos: Intercede por nosotros ante el Señor.

Lector: Santa María, Madre de Jesús y Madre nuestra, que permaneciste junto a la Cruz de tu Hijo.

Todos: Intercede por nosotros ante el Señor.

Lector: San Pedro, a quien el Señor confió las llaves del Reino.

Todos: Intercede por nosotros ante el Señor.

Lector: San Pablo, que deseaste partir de este mundo para estar con Cristo.

Todos: Interceded por nosotros ante el Señor.

Lector: San Juan, que anunciaste al que es la Palabra de Vida.

Todos: Interceded por nosotros ante el Señor.

Lector: San José que tuviste el consuelo de morir asistido por Jesús y Maria.

Todos: Interceded por nosotros ante el Señor.

Lector: Pidamos a Dios Padre que su reino de amor y de paz llegue a todos los seres humanos: PADRE NUESTRO...

Lector: En tus manos, Padre de bondad, encomendamos a nuestro(a) hermano(a)_____. Nos sostiene la esperanza de que resucitará en el último día con todos los que han muerto en Cristo. Escucha nuestra oración, para que este ser querido que ha muerto sea acogido en el paraíso, y nosotros, los que aún permanecemos en este mundo, nos consolemos mutuamente con palabras de fe, hasta que salgamos todos al encuentro del Redentor, y así, con _____, gocemos en tu presencia. Por Jesucristo nuestro Señor. Amén.

7. Oración mariana

Salve María, Madre de Dios! Queremos consagrarnos a ti. Porque eres Madre de Dios y madre nuestra. Porque tu Hijo Jesús nos confió a todos a ti.

Te encomendamos a todas las víctimas de la injusticia y de la violencia, a todos los que han muerto en las catástrofes naturales, a todos los que a la hora de la muerte acuden a ti como Madre y Patrona. Sé para todos nosotros, puerta del cielo, vida, dulzura y esperanza, para que juntos podamos contigo glorificar al Padre, al Hijo y al Espíritu Santo. Amén.

Por eso te decimos con la confianza de hijos: DIOS TE SALVE, MARIA...

8. Bendición

Padre de infinita bondad, acepta la oración que te ofrecemos, por_____, concédele la felicidad en el país de la vida y haz que un día podamos reunirnos con él (ella) en la gloria de los santos. Por Jesucristo nuestro Señor. Amén.

El Señor nos bendiga, nos guarde de todo mal y nos lleve a la vida eterna. Amén.

Con Cristo vencedores de la muerte

1. Saludo, p. 7
2. Acto de reconciliación, p. 7
3. Salmo de confianza, p. 8
4. Oración para todos los días, p. 9

5. Palabra De Dios

De la segunda carta a Timoteo 2,8-13

Acuérdate de Jesuscristo, resucitado de entre los muertos, nacido de la descendencia de David, según el evangelio que yo anuncio, por el cual sufro hasta verme encadenado como malhechor; pero la palabra de Dios no está encadenada. Por eso todo lo soporto por amor a los elegidos, para que ellos también obtengan la salvación de Jesuscristo y la gloria eterna. Es doctrina segura: Si con él morimos, viviremos con él; si con él sufrimos, reinaremos con él; si lo negamos, también él nos negará; si somos infieles él permanece fiel, porque no puede contradecirse a sí mismo.

Palabra de Dios... Te alabamos Señor.

Del Salmo 63

Todos: Mi alma está sedienta de ti, Dios mio.

Lector: Oh Dios, tú eres mi Dios, por ti madrugo, mi alma está sedienta de ti; mi carne tiene ansia de ti, como tierra reseca, agostada, sin agua.

Todos: Mi alma está sedienta de ti, Dios mio.

Lector: ¡Cómo te contemplaba en el santuario, viendo tu fuerza y tu gloria!
Tu gracia vale más que la vida,
te alabarán mis labios.

Todos: Mi alma está sedienta de ti, Dios mío.

Lector: Toda mi vida te bendeciré
y alzaré las manos invocándote.
Me saciaré como de manjares exquisitos y mis labios te ataba rán jubilosos.

Todos: Mi alma está sedienta de ti, Dios mío.

Lector: Porque fuiste mi auxilio,
y a la sombra de tus alas canto con júbilo;
Mi alma está unida a ti
y tu diestra me sostiene.

Todos: Mi alma está sedienta de ti, Dios mio.

(Todos de pie)

Del Evangelio según San Lucas 7,11-17

A continuación, Jesús se fue a un pueblo llamado Naín, acompañado de sus discípulos y de mucha gente. Cerca ya de la entrada del pueblo, se encontraron con que llevaban a enterrar al hijo único de una viuda. La acompañaba mucha gente del pueblo. El Señor, al verla, se compadeció de ella y le dijo: —No llores más. Y acercándose, tocó el ataúd. Quienes lo llevaban se detuvieron. Entonces dijo: —Muchacho, a ti te digo: levántate. El muerto se incorporó y se puso a hablar; y Jesús se lo entregó a su madre. El temor se apoderó de todos, y alababan a Dios diciendo: —Un gran profeta ha surgido entre nosotros; Dios ha visitado a su pueblo. La noticia se propagó entre todos los judíos y por toda aquella región.

Palabra del Señor... Gloria a Ti Señor Jesús.

(Sentados)

Meditación

El Evangelista San Lucas nos presenta a Jesús que da la vida al hijo de una viuda. Ella no tenía otro apoyo que ese hijo. Los amigos y vecinos la acompañaban, consolándola; pero no podian hacer nada para darle vida a aquel muchacho. Y Jesús pasa por allí y siente compasión de la pobre mujer. 'No llores', le dice. Y hace detener el funeral, para que la vida volviera a el hijo revivido de la viuda era ahora el símbolo de que Jesús mismo era la resurrección y la vida.

Pero es importante entender una cosa. A nosotros, los creyentes, los que hemos de morir en Cristo, lo que nos espera no es un volver a esta vida sino un pasar a la Vida. No se trata de regresar a la vida mortal sino de llegar a la vida plena, a la vida definitiva con Dios. Si morimos con Cristo, viviremos para siempre con Cristo. Nuestra muerte será una pascua, un paso de resurrección.

6. Oración comunitaria

Lector: Con un corazón agradecido hacia el Señor que nos llena de esperanza cierta, oremos confiadamente. Digamos:

Todos: Padre celestial, dador de vida, escúchanos

Lector: Por nuestros hermanos difuntos, especialmente por _____, para que así como murieron con Cristo reinen eternamente con El.

Todos: Padre celestial, dador de vida, escúchanos.

Lector: Por todos los que sufren, víctimas de las injusticias y de la violencia, por los moribundos

Todos: Padre celestial, dador de vida, escúchanos.

Lector: Por todos los aquí presentes, para que estos momentos comunitarios de oración reaviven nuestra fe en la resurrección.

Todos: Padre celestial, dador de vida, escúchanos.

Lector: Animados por la misma esperanza que nos consuela y nos fortalece en el camino hacia el Padre, digamos como Cristo nos enseñó: PADRE NUESTRO...

Lector: Suba nuestra oración a tu presencia, Señor, y que la felicidad eterna sea para nuestros hermanos fallecidos una ocasión constante de alabar por siempre tus misericordias. Por Jesucristo nuestro Señor. Amén.

7. Oración mariana

Bienaventurada Virgen María, vencedora con Cristo del pecado y de la muerte, intercede por nosotros tus hijos. A tu bondad confiamos la suerte de nuestros parientes y conocidos difuntos y de todos los que han muerto esperanzados en tu Hijo. Tú has llegado ya a la meta gloriosa: ayúdanos en nuestro caminar para ir haciendo realidad el Reino de Dios que es de justícia, de amor y de paz. Porque eres Madre, por eso te decimos con confianza filial: DIOS TE SALVE, MARIA...

8. Bendición

Lector: Concédeles, Señor el descanso eterno.

Todos: Y brille para ellos la luz perpetua.

Lector: Descansen en paz.

Todos: Amén.

El Señor nos bendiga, nos guarde de todo mal y nos lleve a la vida eterna. Amén.

Creer en Cristo, comunión plena con el Padre y con los hermanos

5. Palabra De Dios

De San Pablo a los Corintios 1a Carta: 11, 23-27

Por lo que a mí toca, del Señor recibí la tradición, que les he transmitido, a saber, que Jesús, el Señor, la noche en que iba a ser entregado, tomó pan y, después de dar gracias, lo partió y dijo: <<Esto es mi cuerpo entregado por ustedes; hagan esto en memoria mía>>. Igualmente, después de cenar, tomó el cáliz y dijo: <<Este cáliz es la nueva alianza sellada con mi sangre; cuantas veces beban de él, háganlo en memoria mía>>. Así pues, siempre que coman de este pan y beban de este *cáliz, anuncian la muerte del Señor hasta que él venga. Por eso, quien coma el pan o beba el cáliz del Señor indignamente, peca contra el cuerpo y la sangre del Señor.*

Palabra de Dios… Te alabamos Señor.

Del Salmo 77

Todos: El Señor les dio pan del cielo.

Lector: Lo que oímos y aprendimos,
                 lo que nuestros padres nos contaron,
                 no lo ocultaremos a sus hijos,
                 lo contaremos a la futura generación:
                 las alabanzas del Señor,
                 su poder las maravillas que realizó,
                 para que pongan en Dios su confianza
                 y no olviden las acciones de Dios,
                 sino que guarden sus mandamientos.

Todos: El Señor les dio pan del cielo.

Lector: Pero dio orden a las altas nubes,
                 abrió las compuertas del cielo:
                 hizo llover sobre ellos maná,
                 les dio un trigo celeste.

Todos: El Señor les dio pan del cielo.

Lector: Y el hombre comió pan de ángeles,
les mandó provisiones hasta la hartura,
los hizo entrar por las altas fronteras
hasta el monte que su diestra había
adquirido.

Todos: El Señor les dio pan del cielo.

(Todos de pie)

Del Evangelio según San Juan 6,51-58

*Jesús añadió: —Yo soy el pan vivo bajado del cielo.
El que come de este pan, vivírá para siempre. Y el
pan que yo daré es mi carne. Yo la doy para la vida
del mundo. Esto provocó una fuerte discusión entre
los judíos, los cuales se preguntaban: — ¿Cómo
puede éste darnos a comer su carne? Jesús les
dijo: —Yo les aseguro que si no comen la carne del
Hijo del hombre y no beben su sangre, no tendrán
vida en ustedes. El que come mi carne y bebe mi
sangre tiene vida eterna, y yo lo resucitaré el último
día. Mi carne es verdadera comida y mi sangre es
verdadera bebida. El que come mi carne y bebe mi
sangre vive en mí y yo en él. Como el Padre que me
envió posee la vida y yo vivo, por él, asi también,
el que me coma vivirá por mí. Este es el pan que
ha bajado del cielo; no como el pan que comieron
sus antepasados. Ellos murieron; pero el que coma
de este pan, vivirá para siempre.*
Palabra del Señor... Gloria a Ti Señor Jesús.

Meditación

La costumbre de rezar por los difuntos tiene una profunda raíz humana. Pero para el cristiano no se trata sólo de algo humanitario, sino que es expresión de su fe en la victoria de Cristo sobre la muerte. En Jesucristo se manifiesta el verdadero sentido de la resurrección.

Jesús nos dice claramente que la unión del creyente, del discípulo que come y bebe de El, es una unión más fuerte que la muerte, es una unidad de vida eterna. Cristo es pues el alimento de unión con el Padre y con los hermanos.

Un difunto, creyente en Cristo, que murió unido a él por la fe y el amor, no es alguien que vaga en el vacio, sino alguien que vive en Cristo. Los creyentes participan de una gran solidaridad con Cristo y con todos los demás creyentes, en un amor que vence a la muerte. La Eucaristía marca el punto culminante de esta solidaridad de los hermanos en Cristo.

La Misa o Eucaristía es intercesión por los difuntos, pero es ante todo la celebración de la solidaridad de todos los creyentes. Celebramos la Muerte y Resurrección de Cristo para ser humanidad nueva, luchadores de la paz y el amor, en comunión con los que ya murieron.

6. Oración comunitaria

Lector: Invoquemos con fe a Dios Padre, bondadoso y lleno de misericordia, que resucitó a Jesús como primicia de todos los muertos. Digamos:

Todos: Escúchanos, Padre de bondad.

Lector: Por la Iglesia, que camina por todo el mundo, para que sea testigo generoso del amor universal de Dios.

Todos: Escúchanos, Padre de bondad.

Lector: Por toda la humanidad, para que a través de su trabajo y de sus actividades vayan haciendo posible un mundo más justo.

Todos: Escúchanos, Padre de bondad.

Lector: Por nuestros hermanos difuntos, para que gocen de la plenitud en Cristo resucitado.

Todos: Escúchanos, Padre de bondad.

Lector: Por todos nosotros, para que la vivencia de los valores del Evangelio nos permita dar razón de la esperanza que nos anima.

Todos: Escúchanos, Padre de bondad.

Lector: Con la oración de Jesús sintamos a Dios como nuestro Padre y a todos los seres humanos, vivos y difuntos, como hermanos nuestros. Digamos juntos la plegaria de la familia cristiana: PADRE NUESTRO...

Lector: Padre misericordioso que en la muerte y resurrección de tu Hijo nos has trazado un camino seguro. Ya no tememos a la muerte, como los que no tienen esperanza. Sabemos que Jesús aceptó la muerte y dio la vida para darnos vida. Sabemos que tú, Padre, lo has resucitado y lo has constituido Señor de la vida. Nosotros queremos amar la vida, luchar por las cosas hermosas que hay en la vida: la fraternidad, el amor, la paz, la belleza, la creación entera. Pero también aceptamos la muerte, para unirnos más íntimamente a tu Hijo y, pasando por la cruz, llegar con El a la gloria de la Resurrección. Por el mismo Jesucristo nuestro Señor. Amén.

7. Oración mariana

Virgen María, ruega por nosotros pecadores. Somos indignos hijos tuyos, pero confiamos en tu maternal protección. Intercede por los seres que amamos y ya han partido de este mundo, pero con quienes estamos unidos por lazos de solidaridad más fuertes que la muerte. Protégenos, socorro de los cristianos, en todo momento, pero especialmente en el momento de la muerte. Por eso te decimos con confianza filial: DIOS TE SALVE, MARIA...

8. Bendición

Lector: Oh Dios, justo y clemente, mira con amor a_____, que por medio del Bautismo participó ya de la Pascua liberadora de Cristo y por tu generosidad fue admitido(a) en la Eucaristía al banquete de tu cuerpo y de tu sangre; concédele entrar en la verdadera tierra de promisión y gustar de los bienes de la vida divina en eterna comunión con su Redentor. Por Jesucristo nuestro Señor. Amén.

El Señor nos bendiga, nos guarde de todo mal y nos lleve a la vida eterna. Amén.

Día Noveno

Nos entrega
una Madre

5. Palabra De Dios

Del libro del Apocalipsis 12,1-3.7-11

Una gran señal apareció en el cielo: una mujer vestida de sol, con la luna bajo sus pies y una corona de doce estrellas sobre su cabeza. Estaba en cinta y las angustias del parto le arrancaban gemidos de dolor. Entonces apareció en el cielo otra señal: un enorme dragón de color rojo con siete cabezas y diez cuernos y una diadema en cada una de sus siete cabezas. (12,1-3)

Se entabló entonces en el cielo una batalla: Miguel y sus ángeles entrablaron combate contra el dragón. Lucharon encarnizadamente el dragón y sus ángeles, pero fueron derrotados y los arrojaron

del cielo para siempre. Y el gran dragón, que es
la antigua serpiente, que tiene por nombre Diablo
y Satanás y anda seduciendo a todo el mundo, fue
arrojado a la tierra junto con sus ángeles. Y en el
cielo oí una fuerte voz que decía: Ya está aquí la
salvación y el poder y el reinado de nuestro Dios,
ya está aquí la autoridad de su Mesías. Ha sido
precipitado el acusador de hermanos, el que día y
noche los acusaba en presencia de nuestro Dios.
Ellos mismos lo vencieron por medio de la sangre
del Cordero y por el testimonio que dieron, sin que
el amor a su vida les hiciera temer a la muerte.
Palabra de Dios... Te alabamos Señor.

Del Salmo 116

Todos: Caminaré en presencia del Señor
en el país de la vida

Lector: El Señor es benigno y justo,
nuestro Dios es compasivo.
El Señor guarda a los sencillos:
estando yo sin fuerzas me salvó.

Todos: Caminaré en presencia del Señor
en el país de la vida.

Lector: Tenía fe, aun cuando dije:
¡Qué desgraciado soy!
Yo decía en mi apuro:
"Los hombres son unos mentirosos"

Todos: Caminaré en presencia del Señor
en el país de la vida.

Lector: Vale mucho a los ojos del Señor
la vida de sus fieles.
Señor, yo soy tu siervo,
rompiste mis cadenas.

(Todos de pie)

Del Evangelio según San Juan 19, 17-18.26-27

Se hicieron, pues, cargo de Jesús quien, llevando a hombros su propia cruz, salió de la ciudad hacia un lugar llamando <<La Calavera>> (que en la lengua de los judíos se dice <<Golgota>>). Allí lo crucificaron junto con otros dos, uno a cada lado de Jesús.

Jesús, al ver a su madre y junto a ella al discípulo a quien tanto amaba, dijo a su madre: —Mujer, ahí tienes a tu hijo. Después dijo al discípulo: —Ahí tienes a tu madre. Y desde aquel momento, el discípulo la recibió como suya.
Palabra del Señor… Gloria a Ti Señor Jesús.

Meditacíon

Miras por última vez a tu Madre. No le ahorraste nada a esta Madre. No fuiste solamente la alegría de su vida, sino también su amargura y dolor. Pero tenía siempre tu gracia, pues era su amor. Si la amas, es porque ella te asistió y te sirvió, en la alegría y en la amargura; fue así como se convirtió totalmente en tu Madre. A pesar del suplicio de la cruz, tu amor está lleno de ternura, de la misma ternura que une al hijo con su Madre. Tu muerte misma consagra y santifica esos suaves y preciosos valores de la tierra, que enternecen los corazones y cautivan a este mundo. Estos sentimientos no mueren en tu corazón, ni aun cuando se encuentra aplastado por la muerte, y perduran en el cielo. Porque, al morir, aún amas la tierra, habrá una nueva tierra; pues muriendo por nuestra eterna salvación, te conmoviste por las lágrimas de una madre, y antes de partir te preocupaste de la suerte de una viuda desamparada; a la Madre le relagaste un hijo, y al hijo una Madre. Al darle esa Madre al discípulo amado, a todos nos la diste por Madre.

6. Oración comunitaria

Lector: Iluminados por la Palabra de Dios, dirijamos ahora al Padre nuestra oración confiada. Digamos:

Todos: Señor, ayúdanos a amar a todos los demás.

Lector: Por la Iglesia universal para que sea un signo del amor del Señor para todos los seres humanos.

Todos: Señor, ayúdanos a amar a todos los demás.

Lector: Por todos los creyentes, para que vivamos a cabalidad el mandamiento del amor que Cristo nos dejó como testamento.

Todos: Señor, ayúdanos a amar a todos los demás.

Lector: Por todas las personas que tienen responsabilidades especiales en nuestra sociedad, para que tengan conciencia de que son servidores y no dominadores de sus hermanos.

Todos: Señor, ayúdanos a amar a todos los demás.

Lector: Por nuestros hermanos difuntos, para que no se pierdan los frutos del amor que quisieron sembrar durante su vida.

Todos: Señor, ayúdanos a amar a todos los demás.

Lector: Oremos como Jesús mismo nos enseñó: PADRE NUESTRO…

Lector: Dios Padre, justo juez, que nos has de juzgar un día por el amor que hayamos realizado durante la vida, escucha propicio nuestras súplicas. Danos más amor, para cumplir el mandamiento que tu Hijo nos dejó y para ser capaces de dar la vida por los demás. Y ayúdanos a seguir unidos con nuestros hermanos difuntos, por la fe y la caridad verdaderas, hasta que un día nos reunamos contigo para siempre. Por el mismo Jesucristo nuestro Señor. Amén.

7. Oración mariana

Bendita eres María. Bendita porque creíste en la Palabra del Señor; porque esperaste en sus promesas; porque fuiste perfecta en el amor. Bendita por tu caridad premurosa con Isabel, por tu bondad materna en Belén, por tu fortaleza en la persecución, por tu vida sencilla en Nazaret, por tu intercesión en Caná, por tu presencia maternal junto a la Cruz, por tu felicidad en la espera de la resurrección, por tu oración asidua en Pentecostés.

Bendita eres por la gloria de tu Asunción a los cielos, por tu materna protección sobre la Iglesia, por tu constante intercesión por toda la humanidad. Con cariño de hijos te decimos: DIOS TE SALVE, MARIA...

8. Bendición

Lector: A nombre de la familia de _____, damos a todos los que nos acompañaron durante este novenario nuestro sincero agradecimiento y pedimos que el Señor les bendiga.

La bendición del Dios de Amor: el Padre, el Hijo y el Espíritu Santo, descienda sobre nosotros, sobre nuestras familias y permanezca para siempre. Amén.

Oracíon en la visita
a la tumba

(Se puede orar con el santo Rosario)

Saludo:

En el nombre del Padre y del Hijo y del Espíritu Santo. Amén.

Bendito sea Dios, Padre de nuestro Señor Jesucristo, Padre de la misericordia y Dios de todo consuelo, quien me fortalece en mis tribulaciones.

Padre de misericordia y Dios consolador, que con amor eterno cuidas de mi y haces nacer el día sobre la noche de la muerte, mira a tus hijos que te suplican. Y pues tu Hijo Jesucristo muriendo destruyó la muerte y resucitando restauró la vida, concédeme que, siguiendo sus pasos en mi vida mortal, llegue a reunirme en el cielo con quien me ha precedido en el camino de la fe.

Señor y Dios mío, escucha mi oración y que tu misericordia atienda a mi deseo, que no arde solamente por mi sino también, con fraternal caridad, por el bien de _____.

Tú penetras en mi corazón y mi pensamiento. Dame pues lo que tú mismo quieres que te ofrezca. Atiende, Señor Jesús, compadécete, tú que eres luz de los ciegos y la fortaleza de los débiles pero también la luz de los que ven y la fuerza de los fuertes. Escucha los clamores que mi alma levanta desde sus profundidades; pues, a donde iríamos si tú no oyeras lo que dicen los abismos.

Tuyo es el día, tuya es la noche y los instantes de nuestro tiempo vuelan a tu voluntad; concédeme pues la holgura necesaria para medir en los secretos de tu ley y no cierres tu puerta a quienes la tocan. Descúbreme, Señor, la verdad que hay en esta oración y llévame a la perfección.

Tu voz es para mí una gran alegría superior a la de todos los deleites. Beberé de ti y meditaré en las maravillas de tu ley desde el principio en que hiciste el cielo y la tierra hasta el fin que es el reino perpetuo de tu santa ciudad. Ten pues, Señor, misericordia de mi y escucha mi oración.

Ven, Jesús, necesito de tu presencia.

De la carta del apóstol San Pablo a los Romanos 8,31-35.37-39

¿Qué más podemos añadir? Si Dios está con nosotros, ¿quién estará contra nosotros? El que no perdonó a su propio Hijo, antes bien lo entregó a la

muerte por todos nosostros, ¿cómo no va a darnos gratuitamente todas las demás cosas juntamente con él? ¿Quién acusará a los elegidos de Dios, si Dios es el que salva? ¿Quién será el que condene, si Cristo Jesús ha muerto más aún, ha resucitado y está a la derecha de Dios intercediendo por nosotros? ¿Quién nos separará del amor de Cristo? ¿El sufrimiento, la angustia, la persecución, el hambre, la desnudez, el peligro, la espada? Pero Dios, que nos ama, hará que salgamos victoriosos de todas estas pruebas. Porque estoy seguro de que ni muerte, ni vida, ni ángeles, ni otras fuerzas sobrenaturales, ni lo presente, ni lo futuro, ni de arriba, ni lo de abajo, ni cualquier otra criatura podrá separarnos del amor de Dios manifestado en Cristo Jesús, Señor nuestro.

Palabra de Dios… Te alabamos Señor.

Salmo 6

Señor, no me castigues enojado,
no me corrijas enfurecido.
Piedad de mí, Señor, que desfallezco,
sáname, porque tengo los huesos triturados.
Me encuentro totalmente desalentado.
Señor, ¿hasta cuándo?
Fíjate en mí, Señor, y líbrame
que tu amor me ponga a salvo,
pues los muertos ya no se acuerdan de ti,
y en el abismo, ¿quién te alabará?

Estoy agotado de tanto gemir,
baño en llanto mi cama cada noche,
inundo de lágrimas mi lecho;
mis ojos se consumen de pena,
envejecen de tantas angustias.
¡Apártense de mí, malhechores,
que el Señor ha escuchado mis lamentos!
El Señor escuchó mi súplica,
el Señor aceptó mi oración.
¡Todos mis enemigos, confundidos y aterrados,
retrocederán en seguida derrotados!

Del Evangelio según San Juan 11,17-27

A su llegada, Jesús se encontró con que hacía ya cuatro días que Lázaro había sido sepultado. Bentania está muy cerca de Jesusalén, como a dos kilómetros y medio, y muchos judíos habían ido a Betania para consolar a Marta y María por la muerte de su hermano. Tan pronto como Marta se enteró que llegaba Jesús, salió a su encuentro; María se quedó en casa. Marta dijo a Jesús: —Señor si hubieras estado aquí, no habría muerto mi hermano. Pero, aun así, yo sé que pidas a Dios, él te lo concederá. Jesús le respondió: Tu hermano resucitará. Marta le dijo: —Ya sé que resucitará. Marta le dijo: —Ya sé que resucitará cuando tenga lugar la resurrección de los muertos, al final de los tiempos. Entonces Jesús afirmó: —Yo soy la resurrección y la vida. El que cree en mí, aunque

haya muerto, vivirá; y todo el que esté vivo y crea en mí, jamás morirá. ¿Crees esto? Ella contestó: —Sí Señor; yo creo que tú eres el Mesías, el Hijo de Dios que tenía que venir a este mundo.
Palabra del Señor... Gloria a Ti Señor Jesús.

Profesión De Fe

Creo en Dios, Padre todopoderoso, creador del cielo y de la tierra. Creo en Jesucristo, su único Hijo, nuestro Señor, que fue concebido por obra y gracia del Espíritu Santo, nació de Santa María Virgen, padeció bajo el poder de Poncio Pilato, fue crucificado, muerto y sepultado, descendió a los infiernos, al tercer día resucitó de entre los muertos, subió a los cielos y está sentado a la derecha de Dios, Padre todopoderoso. Desde allí ha de venir a juzgar a vivos y muertos. Creo en el Espíritu Santo, la Santa Iglesia Católica, la comunión de los santos, el perdón de los pecados, la resurrección de la carne y la vida eterna. Amén.

Oración

Señor Jesús, tú me das valor cuando me acosa el temor. Tú eres mi defensa y un refugio seguro. Tú, bendito Señor, eres mi esperanza y mi confianza. Nada temo porque tú estás conmigo y eres la luz que nunca se apaga.

Contigo Señor, no tengo miedo; sé que tú tienes poder para calmar el viento y la tempestad y así traer la calma. Aumenta, Dios, mi fe y fortalece mi esperanza. Dame coraje, Señor, porque a veces la carga se hace muy pesada.

A ti acudo, gran Señor, para encontrar descanso en medio de la fatiga y aprender de ti que eres manso y humilde de corazón. Mírame con amor, perdona mis fallas, dame un nuevo corazón y hazme sentir que tu yugo es suave y tu carga ligera.

Gracias, bendito Dios de bondad, por darme fuerzas y acrecentar mi paciencia cuando tiendo a claudicar. Gracias por tu amor siempre fiel y tu constante protección. Gracias por siempre Señor.

Padre nuestro — Avemaría — Gloria al Padre...

Bendición

Dios, creador omnipotente. Tú diste estabilidad a la tierra, formaste los cielos, determinaste el sitio de cada astro del firmamento; por las aguas del bautismo rehiciste al hombre cautivo por los lazos del pecado, resucitaste de entre los muertos a tu Hijo Jesucristo para ser justificación y salvación de los creyentes; bendice misericordiosamente este sepulcro para que en él _____, duerma en la paz y espere la bienaventurada resurrección y la venida de tu Hijo Jesucristo, que vive y reina por los siglos de los siglos. Amén.

El Señor nos bendiga nos guarde de todo mal y nos lleve a la vida eterna. Amén.

Meditación para sanar las heridas internas en la muerte de un ser querido

El Padre Ignacio Larrañaga dice que el mejor homenaje que se puede hacer a Dios ante el misterio de la muerte es guardar silencio. Convencido por esta idea nos enseña a que digamos la siguiente oración:

Silencio y Paz.
Fue llevado al país de la vida.
¿Para qué hacer preguntas?
Su morada desde ahora es el Descanso,
y su vestido, la Luz. Para siempre.
Silencio y Paz.
¿Qué sabemos nosotros?
Dios mío, Señor de la Historia y dueño del ayer
y del mañana, en tus manos están las llaves
de la vida y de la muerte.
Sin preguntarnos,
lo llevaste contigo a la Morada Santa,
y nosotros cerramos nuestros ojos,
bajamos la frente y simplemente te decimos:
está bien. Sea. Silencio y paz.

Se acabó el combate.
Ya no habrá para él lágrimas,
ni llanto, ni sobresaltos.
El sol brillará por siempre sobre su frente,
y una paz intangible asegurará
definitivamente sus fronteras.
Señor de la vida y dueño de nuestros destinos,
en tus manos depositamos silenciosamente este
ser entrañable que ha muerto.
Mientras aquí abajo entregamos a
la tierra sus despojos transitorios,
duerma su alma inmortal para siempre
en la paz eterna,
en tu seno insondable y amoroso,
oh Padre de misericordia.
Silencio y paz.

Una letanía para
rezar en el tiempo de luto

Lider: Amantísimo Señor, víniste y moriste por mi. En mi tristeza pongo mi ser querido en tus manos.

Lider:		**Todos:**	
	Señor ten piedad		Señor ten piedad
	Cristo ten piedad		Cristo ten piedad
	Señor ten piedad		Señor ten piedad

Amantísimo Señor, así como tú perdonaste a los que te azotaron sin piedad, yo también perdono a quienes me han causado dolor

Lider:		**Todos:**	
	Señor ten piedad		Señor ten piedad
	Cristo ten piedad		Cristo ten piedad
	Señor ten piedad		Señor ten piedad

Amantísimo Señor, tú vives hoy dentro de mi y para mí. En mi agonia y dolor escojo vivir para tí.

Lider:	Señor ten piedad	**Todos:**	Señor ten piedad
	Cristo ten piedad		Cristo ten piedad
	Señor ten piedad		Señor ten piedad

Amantísimo Señor, tu conoces la tristeza de la traición. Hoy, pongo a tus pies las traiciones de mis seres queridos.

Lider:	Señor ten piedad	**Todos:**	Señor ten piedad
	Cristo ten piedad		Cristo ten piedad
	Señor ten piedad		Señor ten piedad

Amantísimo Señor, fuiste clavado y colgado en la cruz, y a pesar de esto amaste a los demás. Ayúdame a renunciar a mis rencores y amar a mis enemigos.

Lider: Señor ten	**Todos:** Señor ten
piedad	piedad
Cristo ten	Cristo ten
piedad	piedad
Señor ten	Señor ten
piedad	piedad

Amantísimo Señor, el ver el dolor de tu madre te causó un inmenso dolor en tu alma. Ayúdame a aguantar mis sufrimientos.

Lider: Señor ten	**Todos:** Señor ten
piedad	piedad
Cristo ten	Cristo ten
piedad	piedad
Señor ten	Señor ten
piedad	piedad

Santa María, Madre mía tu corazón se rompió al ver a tu hijo clavado en la cruz. Reza por mi, tu hijo(a) en mi dolor.

Lider: Señor ten	**Todos:** Señor ten
piedad	piedad
Cristo ten	Cristo ten
piedad	piedad
Señor ten	Señor ten
piedad	piedad

Santa María, madre mía tus lágrimas por el sufrimiento, la humillación y la muerte de tu hijo surgieron de tu corazón crucificado. Reza por mí pues mi corazón está sufriendo.

Lider:	Señor ten piedad	**Todos:**	Señor ten piedad
	Cristo ten piedad		Cristo ten piedad
	Señor ten piedad		Señor ten piedad

Amantísimo Señor, tu clamaste a Dios pidiéndole que no te abandonara. Sé que entiendes mis sentimientos de corapje y de abandono. Ven en mi auxilio.

Lider:	Señor ten piedad	**Todos:**	Señor ten piedad
	Cristo ten piedad		Cristo ten piedad
	Señor ten piedad		Señor ten piedad

CPSIA information can be obtained
at www.ICGtesting.com
Printed in the USA
LVOW05s0001280817
546619LV00020B/867/P